suhei

靜心是

素黑

知出版

目錄

靜心是

定心是

静心是

01

靜心是，肯定內在的慈悲

很多人追求靜心。

求定、求靜，追求成佛、空性，説得越來越玄。

變相可能不過是在製造另一種慾望和執着。

很多人以為靜心，是把思想停下來，所以不斷在坐禪或做瑜伽時，努力令自己平靜下來，去掉思想，視停止思想活動為目的。

結果，製造了更大的心理壓力，可能一事無成。

沒有人能停止一切思想，這個追求不切實際，也違反腦結構的自然狀態。

靜心，是肯定內在的神聖。

很多人透過宗教、瑜伽、音樂、舞蹈、音頻等方式平靜內心，卻忽略了原來我們內在早已蘊藏能散發安靜的神聖資源。

安靜，原是一種進入定心的狀態，而這狀態接近神聖。

定心只是手段，目的不是求定，否則不外是另一種執着。

當我們説想得到平靜時，其實是指希望能進入一個深邃的心定空間，在那裏，能感受當下的存在是神聖的，不在意任何人性或外界的限制或缺陷。

靜心，是在此時此刻，超越自己，不再想自己應如何，希望自己變成怎樣。純粹專注感覺內心的安定，此時此刻的這個你，會愛上自己。

不是説你要變成一個聖人、上帝或佛陀，而是透過接受自己此刻的人性，看到生命的神聖。

靜心時，看到甚麼才是真、善、美，能感受愛。

靜心時，你有能力看到別人的神聖和美善，不會只看到別人的惡。

靜心的關鍵，是愛。你要去愛，接受自己，愛人性的一切，你將變得神聖美麗，才有提升人生價值的餘地。

這種愛，不是對外的，對象是你自己，相信你有內在的慈悲，能接納屬於自己的一切，就像不管你怎樣虐待自己，不愛自己，你的心臟也沒有因而停止活動，你的腦、手腳還繼續運作，你的身體從來沒有離棄你，身體默默地為你做很多事。

靜下來，你能感應這內在的慈悲，和自己合體，不再分裂。

自愛，是要感謝自己的身體，它從來沒有因為你的自我放棄而放棄你，這是真正偉大的愛。

內在的慈悲，是一股力量，一直守護着你。你做過甚麼都接受你，沒有停止愛你，像心跳一樣養活你，滋潤你。

可是，大部分時間你都在拒絕你、忽略你，而不是別人拒絕你、忽略你。

大部分時間，你都在拒絕對你好的能源，但你的心仍然不打算放棄你，依然待你好，包容你，繼續運作供養你。

如果你是以找一個愛人來守護自己作為人生目標，卻老是埋怨不幸找不到的話，那你真是個負心人。你忘記了，真正對你不離不棄的，從來是你自己的心，你的身體。

不要急於去模仿做一個聖人，不要刻意追求達到甚麼「空性」、「成佛」、「成道」等聽上去很神聖的化境，當你還在努力否定自己，無法

接受自己時，沒有資格和能力看到內在的神
聖。

從神聖的慈悲中，愛你自己的一切，讓自己變
得透明，讓一切流動、進出。你要收心、養
性，更新它，才能擁抱你的一切。

02

靜心是，懂得定心以自處

無論你有甚麼追求或訴求，首要條件是先學懂自處，自己和自己相處，懂得平衡和協調自己。

能自處，需要靜心，即是懂得穩定情緒，安靜心寧。

安靜的心，是培育意志、智慧、平靜、喜樂和愛的道場。

要保持心輕鬆，不沉重，因為你未必承擔得起心的重量。

心未定，沒有條件質問愛在哪裏、神在哪裏、生命為何。

心未定，一切都不過是大道理，卻不會給你成熟和智慧，還未有能力知道應該做甚麼，不應做甚麼。

心未定，未強壯，不要説「我是真心愛你」，或者「請你相信我」。

很少人真有能力用穩定的心去愛人，讓人感到無壓力，很自由。

世俗的愛，大多是捆縛式，透過壓抑或強迫，製造折磨或虐待。這是亂心，不是靜心。

不是因為我們心術不正，立心要破壞愛，而是心還未平靜，無法從容自在地感受愛，付出愛。

愛最初的動機大都是正面的，不是立心為傷害對方或自己而去愛。最終愛壞了，是因為用錯心神，勞損了彼此的感情和精力。

原來，你一直以為正在愛着誰，只是用腦袋去愛，是你認為很愛對方而已，心卻雜亂無章。付出的愛，質素欠佳。

心的穩定指數遠也比你想象中低很多倍，難怪你經常疲累，情緒不穩，百病叢生。

心亂，難安靜。心定，才能安靜地自處。這樣的人，有資格追求愛，追求更高的心靈境界。

03. 靜心是，讓愛帶來成長

愛很重要。

愛和感情不相同。

感情有太多盲點，容易脆弱，執着對象。

愛可以很堅強，超越對象。

愛是生物的需要。

父母和孩子之間的關係，是建立愛的基礎。一個人是否感受到愛，很大程度取決於父母的感情投入，以及對孩子的情感需要的回應。

嬰兒時期的親子感情交流，能決定數年後孩子的副交感神經系統的平衡發展。

副交感神經系統，是由心臟誘發，促進心率協調、抗衡壓力及抑鬱的精密系統，能平衡心臟和情緒，維持內分秘正常的功能。

副交感神經，能減低心跳速度，加速腸道蠕動，減低便秘的機會，促進消化系統功能，有助身體平衡。

小時候，如果爸媽不懂得去愛你，沒有經常撫摸你，跟你建立親密的關係，那便很糟糕。你會變得很敏感，即使發生小事情，也會想到媽媽可能會離開，不再要你了。

知道小孩子最害怕甚麼嗎？就是被遺棄。因此，你長大後，經常覺得會被遺棄，害怕被愛人遺棄。

因為副交感神經特別脆弱，不懂得平衡內分泌和情緒，卻因而過分激活交感神經。

交感神經的功能，跟副交感神經的剛好相反，能讓心跳加促、呼吸轉急，壓力荷爾蒙上升等，令人處於緊張和自我保護的狀態。

所以，父母應多愛撫孩子，給他們關愛，尤其是善用直接的眼神交流，讓孩子感覺安全和被愛，這樣能令孩子的副交感神經發育良好，平穩情緒。

有一個印證愛是生物需要的故事：
早產的嬰兒身體很脆弱，必須被放進氧氣箱內，不能被人隨便觸碰，為免受到細菌感染養不大。他們的成長速度非常慢，久久也像沒長大過一樣，身體小小的，看到人心痛。

一個值班護士看到常常在哭的嬰兒很可憐，雖然明知不應該，出於母性，她還是不忍心，伸手進入箱內抱抱他們，撫摸他們。然後，他們便不哭了。

過了一段時間，醫生發現了很奇怪的現象：為甚麼在這房間內的早產嬰兒，長大速度比其他房間的快呢？翻查當值紀錄後，發現他們都是經同一個護士照顧過。找她查問，她招認曾

經摸過嬰兒的事實。雖然她實在違反了醫護守則，但那批嬰兒卻真的長大了。

這是愛撫的奇蹟。

原來皮膚接觸所表達的愛，跟細胞發展、人的成長有密切關係。

成長，需要愛。

純粹的身體接觸，未必能達到成長的效果，但帶着愛和關懷的撫摸，能孕育生命，這是愛最生物性的存在價值。

沒有被愛撫過的嬰兒長不大，長不好。比較進化的哺乳類動物，會透過身體接觸撫育下一代。貓科類動物便是這樣，母親不停地舐幼嬰，不只是替牠們清潔，更重要是表達親密關係，讓幼嬰安心成長，不致活在荒野的恐慌中。

但凡需要較長時間靠父母撫育才長大的動物，
也有這種親密的身體接觸行為。

情人之間，需要身體接觸、牽手擁抱和接吻，
原來是這個原因。這是愛的表現，讓感情關係
發展和進步的生物性需要。

當人長大了，不再被父母撫摸，愛的感覺便失
去，愛情成為尋回失落的被愛記憶的重要入
口。

沒有愛，我們難以成為身心健全的人，這是療
心和靜心的秘密。

04

靜心是，從迷失學懂一個道理

心需要安靜時，正是遇到困擾、心結、不安時。

任何人都會有迷失和迷亂時候，不管你的性別、年齡、階層和財富狀態。

不要高估自己承擔風險和壓力的能力，了解自己的能力很重要。

無風無險的穩定命途，並不一定是好事，只會更容易縱容惰性，減低逆境應變能力。

正面地接受一切發生在自己身上的事情。

迷失了，受壓時，不要先去否定它，避免亂花氣力去回應。

先冷靜，觀望它。

能打破負面應對的慣性，正面地面對，我們便有機會跳出來反省，尋找解脫的出口。

迷失，是建立新我的機遇，是提升生命質素的自然機制。

凡事都有兩面，迷失教我們不用偏執。在這層面上，應該感謝迷失的機遇。

迷失的反面，不是心能安、找到了，而是學懂一個道理：接受不可知的變幻人生，歡迎未知的未來。

不要回頭看，左右看，而是向上看，提升自己，不原地留戀。

感謝迷失，讓我們還有追求向上的餘地。

迷失的意義，是在克服迷亂，處理不如意事的過程中，有機會自我修行；在刷新生命的過程中，長出新智慧，體驗對生命更深入的愛。

這是從迷失走向靜心的修行道。

在迷失心亂時，需要療癒令你心不安、靜不下的情緒困擾。

要改變負面心理慣性，轉化負面意識，需要善用能量，保持元氣和精力，防止因能量流失而心力交瘁，壞了情緒。

調校情緒，療癒自己，是每個成熟的人的天賦責任。

從迷亂到靜心，其中一種療癒方法，是真誠地問自己：想想以往的歲月，要繼續目前的困局嗎？你希望怎麼過未來二十、三十、四十年或更長的日子？

當你知道未來希望活成怎樣時，便知道現在需要做甚麼，是否願意付出去實現，抑或選擇停步等運到。

05 靜心是，認識心是療癒之所

認知，是腦袋管的；情感，是心臟管的。

在胡思亂想時，請把兩個器官分開，別合理化情感問題，擾亂了情緒。

學習抽離思緒，把視線轉移到心臟、心輪或心胸的位置，在那裏開始學習平靜、穩定，便能返回愛的母體。

心是愛的母體，學習靜心，能避免浪費能量，有心無力，或者光説不行動。

説話用腦，思想用腦，行動卻用心。

受傷時，脆弱時，學習向負面思緒説不，遠離思緒負面的人，毋須背負他們，勞損心臟。

當你想到「我很慘，很不幸」時，要告訴自己「事實不一定是這樣」，然後積極尋找自療的方法，即是調心。

我們至少要保存這個醒覺，不然，便甚麼也無法改善，墮進迷失的陷阱，絕望無助。

靜心是　21

我們應該認識心臟多一點，才有能力了解自己的內心。

情緒壞，心跳會加速；生氣時，血壓會上升，血管會收縮，你要知道這個時候，你正在浪費能量，浪費生命。

困擾、迷失、膠着時，心臟正處於虛弱狀態。心虛弱，容易虛浮，迷失，怯懦不安，無法自處，無法感受安全和被愛。

無論發生甚麼事情，當你想安心時，必須要定心。

這個心不是一個比喻，它是指很具體的、生物性的心臟。

心，不只是一個泵血、運送血液和氧氣的器官，它更是一個小型激素工廠。當你激動時，心會刺激腦部，提升腎上腺素的釋放，製造和控制另一種激素 ANF（心房利鈉肽），調節血壓，也會刺激分泌催產素（俗稱愛情肽），這

是母親給孩子餵奶、我們談情說愛和性高潮時釋放的激素。

我們很多反應，都是不經大腦，而是由心臟直接激發的。

你會試過，在街上看見一個影子經過，還沒來得及看清楚是誰，馬上心跳加速，閃過這影子便是某人的念頭。這個人，可能是你的前度戀人，是你一直暗戀的對象，是容易勾起你情緒激動的來源。

你會試過，遇見一個人，第一眼看上去便有觸動的、所謂一見鍾情的感覺，還沒有看清楚和了解對方，便覺得這個人是真命天子，心已經狂跳，血管膨脹，開始面紅，乍喜乍驚，忐忑心慌。假如你的心不夠定，你將成為容易盲目戀愛，幻想太多，理智太少的戀愛失敗者。

心，是尋求安穩和平靜的療癒之所，調校情感和情緒，要從心出發。

定心是

01

定心是，為了看得更清楚

能穩定情緒，才能處變不驚，冷靜地應對萬變，不易大亂陣腳。

可是，這並不容易。

每個人都有脆弱時候，我們有需要盡量減短脆弱的時間，延長強壯開朗的時候。

有人問人都要時刻保持冷靜嗎？太清醒不是很痛苦嗎？

問這些問題，並不能提升智慧，反而誤入詭辯的陷阱，製造混亂多於釐清楚問題。

沒有人能永遠冷靜，因為太過清醒而痛苦。凡是苦，都是不夠清醒的迷執。

凡人都有激動時候，不用費心神去抗拒它。

你要做的是靜觀，保存能量、覺知和平靜，先平衡情緒，而非先從理性思維搞清楚問題。

定眼看，觀照自己所發生的一切，接受它，可以認同或不認同它，更重要是讓它來了又去，不作滯留。

不要讓外界干擾我們內在神聖的平靜空間。

覺性讓心不受干擾，才有更大的空間和能量，包容人生的種種變數，享受尊嚴和自由。

心穩定，能處變不驚，哀而不傷，樂不忘形。

能做到，才能成熟地自處，開始看穿和體驗愛和生命中的奧秘，這該是人生大成就。

同樣，這並不容易。

要是能心定神閒，保持心平氣和，處變不驚，你要愛到怎樣，面對甚麼都可以，都不會被別人的情緒和反應干擾。

同樣，這並不容易。

凡人都難抽離關係和情緒，看清楚一切，但人可以修煉平靜，在靜心中開悟。

關鍵在於你是在抗拒平靜，還是欣然接受。

心亂時，無法安神和清醒，稍為發生一點不如意的小事故，也會動搖你的信念，令你質疑，左搖右擺，無法堅定立場。

你因而難以發展一段穩定的感情關係，完成一件工作，管好一個家。

定心，目的不是讓自己變成一個好人，一個充滿愛和偉大的人。

定心，能令你看清楚自己的情緒狀態，了解自己是否有能力做甚麼，不能做甚麼，避免做甚麼。

定心，令你知道可以付出甚麼，無法付出甚麼，不要勉強，量力而為。

定心，是為了看得更清楚。

我們毋須抗拒感情，毋須拒絕喜怒哀樂，但最終須要返回一個定心的位置，包容不同時代、世態和個人際遇上的變數。

有人會質疑追求定心令人很辛苦吧，人生無常，脆弱短暫，隨時會死，不如及時行樂。

同樣，這些質疑，並不能提升智慧，反而令人陷入膚淺，更難平靜。

追求快樂是人之常情，但追求快樂不是得到幸福的方案，它可以是一種逃避。

事實上，沒有多少世情和人事，能令人經常保持快樂和安心。

喜、怒、憂、思、悲、恐、驚，七種情志變化，是人對外界事物不同的情緒反應。在一般情況下，七情是正常的精神活動，不會引起疾病。

若遇上過度的精神刺激，引起強烈或持久的情緒反應，便會傷及內臟，氣血紊亂，導致疾病，所以七情會變成病因，所謂「內傷七情」。

不同的情志變化，可以損傷不同的內臟，如怒傷肝，喜傷心，思傷脾，悲傷肺，恐傷腎。

原來，過分的喜樂，會傷及心。你也許試過笑到心痛吧？

我們毋須執着快樂，更不用沉迷痛苦。

情緒的高低狀態只是暫時性，不要以它作為人生的指標。

為快樂而放縱，為悲傷而自虐，最終都是極端的情緒，容易失控，亂心喪志。

幾乎所有情緒問題，都可以簡單地歸結為一點：無法定心。

心不定，情緒便混亂不堪。

只用理性去壓抑情緒，無法讓心真正定下來，只是蓋掩和拖延，長遠不利心理健康，終有一天會引起更大的反彈。問題還是照樣跟着你，因為思緒還在轉動。

情緒和思緒是相輔相成的。

要超越情緒，真正定下來，需要繞過思緒，即是腦袋裏的諸多想法。

超越情緒和思緒的有效方法，是回歸身體。

身體是甚麼？

每個人都覺得自己理所當然地認識自己的身體。身體似乎是我們最親密的伴侶，實際上，卻是最陌生的東西。

我們的成長和文化教育，都壓抑了自己對身體的覺知，令我們對身體很陌生。

如果連自己的身體都不認識，還能真正認識自己嗎？更不用說去認識他人了。

正如一個不懂得自愛的人，無法真正去愛人。

無法愛自己的身體，難以懂得愛。

重新發現身體，認識以前一直忽略的豐富世界，享受一些很微妙的體驗，這些體驗，能平定和超越情緒。

人有一種很特殊的身心體驗，叫做「流動」（Flow）。

運動員的巔峰狀態，舞蹈家和音樂家的忘我演出，藝術家全情投入創作，虔誠信徒專注地祈禱或參與宗教活動時，也經常有這種體驗。

流動的狀態，是毫不費力，好像毋須做任何事情，身體絲毫不緊張，很自然優雅地動起來，彷彿身體不是屬於自己的，有一股強大的能量推動着身體，好像根本毋須作出任何努力，連自己也變成了快樂的旁觀者，享受地在旁欣賞身體的舞動。但是你不是抽離、漠不關心的觀察者，而是幸福地參與了這股能量的流動。

鋼琴家郎朗說過彈琴時，他彷彿不是用手去彈，而是用氣去彈，這就是流動的狀態。

流動是不分古今中外的文明一直關注的身心體驗。兩千多年前，莊子便描述過這種體驗，叫「逍遙遊」。

要進入流動狀態，需要專注和不努力。

你要很專注做一件事，全神貫注於身體的感覺上，直到某個點，身體便會自行活動起來。

你會感到圍繞着身體有一股氣在流動，可是由始至終，你都處於毫不費力的狀態，任由身體自然舞動起來，不需要用任何方法或意志讓身體流動。

那一刻，你好像變成純粹的意識，彷彿從高處俯瞰自己。

一旦你思考怎樣做，或者嘗試努力去做時，便無法達致自如的流動。

有一個笑話：打網球需要很快的反應，在過程中不能想太多，往往是憑着當下直覺判斷球的來向和打法。如果某天你發現對手突然打得很好，那麼中場時，不妨問他為何今天打得這麼好。他聽了會開始想：是啊，為甚麼今天我打得特別好？他一旦用腦袋思考，接着一定會反應遲鈍，打得糟糕。

人在表現最好的時候，不能去思考，只能流動。

學習透過身體來超越情緒和思緒也是一樣。

你不要思考，也不要努力，而是全神貫注在身體上，讓存在的能量自行流動。

有人試過參加跳舞考試，因為太忙沒有時間練習，以為一定跳得不好。誰知在跳舞時，覺得身體自行舞動起來，不由自主意識控制。感覺自己與外界有了一度緩衝區，好像中間被隔開了一層，就像在比自己約高一尺的地方看着自己那樣。那時其實很清醒，音樂一起，身體便自動隨音樂跳舞，毋須用氣力，自行流動。

有人試過在鬧市中，人潮洶湧，交通嘈雜，突然感到所有東西都沉靜下來，那種靜不是一點聲音也沒有，而是好像自己被一層厚厚軟軟的能量包圍着，所有噪音好像經過過濾，傳入耳中都變得很溫柔，整個人感覺很柔和、很平靜，身體變得輕巧，好像它自己在走動，毋須控制。這並非只有超凡的人才可以達到。

有人試過，處於淋漓盡致的性高潮時，一邊完全融入顫動裏，另一邊卻感覺像離開了自己身體一樣，從高處看着自己活動。既全情投入，又保持抽離觀照，這是很美妙的體驗。

其實很多人在生命中，都有過類似的一刹那體驗，只不過大部分時間粗心大意而錯過了。

又或者你會告訴自己：這不過是毫無意義的一刹那。

大部分人忽略這種體驗，是因為缺乏對身體的覺知。

抓住這一刹那的寶貴體驗，好好培育它，可以超越雜亂不安的思緒，得到平靜。

03 定心是，從動態中求安靜

心不定，難安靜。

心亂了，麻木了，自會失去洞悉人事和自然環境的直覺力，難以判斷某人是不是好人，某工作是否值得做，某食品或治療法是否真正適合自己。

受到外界干擾容易迷失，直覺能力越來越遲鈍，便會依賴消費和權威，誰說甚麼好，廣告或名人推薦的便買來試試，連內容也不看不關心，理由是沒時間，或者說我不懂。

你的生活模式很被動，被擺佈，因為心封閉了，變粗了。

學習開發心眼，讓身心變得細緻，返回敏感和敏銳的直覺力狀態，才能看透世情和人事，看清楚真正的自己，到底自己需要甚麼，別人需要甚麼。

靜心，便能細緻，看見。

要打開身心敏感度，需要先找到安心的方法，即是讓自己安靜。

但心不夠定，無法安靜，看不到真理或真相。

安靜不容易。當生活狀態混亂，凡事只看外表，沒有學習向內看，觀照自己時，你對事物便會失去感覺，生活變得淡然無味，工作如是，交友如是，學習如是，感情如是。

視而不見，聽而不聞，五官封閉，感受不到世界的溫度和愛，這是可悲的。

每個人的成長經歷都不同，每個人的身體跟情感的分裂狀態也有不同的歷史。

大部分人都沒有認清楚自己，內在太分裂，和自己太割離，卻埋首去管別人，要求別人，塑造別人，沒膽量看清真實的自己。

安靜，才能冷靜。

心安定，才能看透，改善事態，修補問題。

要安靜，秘密是在動中求靜。動是靜的第一步。

安靜的條件，不是讓外界寂止配合你，而是先讓心變得溫柔，不再過勞，停下來但不靜止，要像柔軟的蘆葦一樣隨風舞動，這是一種動態，安靜的動能，能愛撫你的心，把怒氣、怨氣、壞心情掃走。

動態靜心是這樣的：心亂時，離開現場，走動一下，舒展筋骨，拉拉筋，原地跳，敲敲面，吐吐氣。

然後，找一處沒有人打擾的地方，坐或躺下來，閉目養神一分鐘，幻想自己進入最溫柔的地方，如和家貓在沙發上玩，如在雲上飄，如擁抱着心愛的人。

安然地描繪這個意境，植入內心，張開四肢，感覺那溫柔散滿全身。你會發現，身體會有反應，注意輕輕打開的毛孔，心口會感到微暖，呼吸放慢，讓你感到舒服和安靜。

安靜後，理智和直覺力會回來，方可看清和決定甚麼才適合自己，是自己真正需要的。

從動態中求安靜，還需要一個重要的步驟，就是先定而後靜。

心不定，難安靜。

定心，是為準備安靜。

先定後靜，是身體透過適當的物理動態振頻，從穩定到平靜的效果。

你可能學習或嘗試過不少靜心方法，以為靜下來便能感到安定。愈是努力，心愈難安靜，無法定下來。是方法有問題嗎？不一定是，原因只是你求靜的次序倒轉了。

原來心要先定下來，才能感受到安靜。

定心，是步向靜心的基本功。

定心，是為收心，專注和集中，回收分散的能量，準備進入深層的靜心。

譬如敲磬。

一般人以為，敲磬、聽磬的目的是追求靜，可是未準備好定心的話，靜只是一瞬即逝的表像，未能扎根。

光是聽磬聲，只能得到舒服的感覺，內心還未真正平靜；所以，聽完後，很快便會反彈，回到不安的狀態。

磬修不能只靠聽，要從基本功開始練習，即先敲好磬，訓練定心，打開心眼「觀」音。敲磬定心後，方可內觀靜。

磬，表面是訓練仔細聆聽，安靜內心，但秘密卻是訓練放鬆，進入陰柔。

鬆是靜的入場證，也是透過動來求靜的原理，跟武術差不多。

手腕放鬆，聲音才沉厚，透心。假如你執着敲出響亮的聲音，繞出延長的泛音的話，重心便移位，你永遠停留在聲音的追逐上，離開身心還很遠，那麼，磬不過是個時髦玩具而已。

手能放鬆，即身體已準備好溫柔，能量便能集中。變得陰柔，靜才悄悄出現。

以磬修心養靜，是為體驗內斂、安靜，應避免追求響亮的聲效。要以輕、鬆、柔的力度敲和繞磬，以入靜為終極目的。

別執着延長敲磬或繞磬的餘音，令追求聲音變成慾望。

靜音在裏面，不在外邊。磬聲是定心的工具，不是目的。

靜的空性，才是聽音、觀音的終極。

你是甚麼狀態，便敲出甚麼磬音。同一個磬，不同人能發出不同的聲音。

以不同的力度和位置多做敲和繞磬練習，尋找屬於你和磬之間獨有的、親密的心共振聲音。

收心是

01 收心是，返回靜下來的定心點

心是一個能量的中心點。

人說「修心養性」，其源頭是佛學裏說的「收心養性」。

收心，是回收散失的心量。

收心是定心的第一步練習，是讓注意力從腦袋轉移到身體的方法。

面對人事、工作、感情、關係，容易把心力流放，耗損心能量，正是引發焦慮不安的源頭，讓你感到無法放心，靜心。

收心養性，是為保護和重整能量，調校情緒。

心也是一個愛的道場，愛在心裏。

心是平靜、和平的泉源，讓自己安定下來的場所。

能定心，便能收回放出去、混亂了的能量。

收心，是返回一個讓你靜下來的定心點。

想象把心掏空，然後注入感覺，注滿愛，讓自己完完全全地返回這個靜心點，感覺心在膨脹和收縮。

收心的練習很簡單：尋找身體最敏感的部位，把能量、思緒收回來，放在這個身體敏感點上，感受那裏的膨脹和收縮。

男性，可以放在丹田位置。男性的感覺重心在丹田，那裏是很強大的氣場。把能量、思緒、習氣回歸丹田，能較容易掌握收心的方法，集中氣感。

女性，可以從「氣穴」穴位開始收心，找回微妙的空間感覺。氣穴在兩個乳房之間，即心輪的位置。

在心輪掏空一個位置，忘記全身，那是平靜、和平的源頭。張開那裏的皮膚，感覺那裏注滿平靜，和平。

收心，也可以從皮膚開始。

女性很感性和敏感，可又容易忽略身體最敏感的部位。女性的皮膚感覺很強，是最強的性器官。可為何做愛不易令女性感到最大的快感？因為女性最大的快感，來自做愛前的擁抱和撫摸，享受純粹皮膚的膨脹和收縮。

缺乏做愛前奏的女性，容易緊張不安，影響分泌，減低快感。這一點往往被男性忽略了，因此在性愛中女性比較難得到滿足。

女性收心，可以從覺察皮膚開始，感覺它的膨脹和收縮。

心是直接發放平靜的地方，別以為先要從愛去尋找平靜。

愛有時會給你平靜，但更多時候會轉移重心，失去自己，容易勾起情緒波動。

平靜的愛很難持久，因為牽涉慾望，衝擊自我，易受干擾。

心卻是中性的地方，是身體的中心點，收心是回到這個讓你安定、靜心、平衡的定心點。

盡量給自己空間，一個人去練習和感覺，回到心去直接取得平靜，便能平衡情緒和慾望。

睡前做收心練習十分鐘，能改善睡眠質素，補充能量。

02

收心是，鬆開一呼一吸

希望穩定和平靜下來時，我們都知道，需要先學習放鬆。但是，放鬆很難。

可能最快能感到放鬆的方法，是留意自己的呼吸，用身體去感受，不是用腦袋。

譬如，從感覺雙手開始。

放慢呼吸，觀照一呼一吸。吸氣時，感到手掌微微膨脹；呼氣時，感到手掌微微收縮，手掌會漸漸變暖。

你毋須做甚麼，不要故意延長呼吸，或者改變呼吸的節奏，便能慢慢地放鬆。

你會發覺，整個身體在隨着呼吸，微微地膨脹和收縮。

從手掌開始體會這種舒服的感覺，然後慢慢將這種感覺，向全身擴散。

然後，把這種感覺從手掌向前臂擴散，感到前臂也隨着呼吸在膨脹和收縮，一直到上臂、肩膀、脖子、後枕、下顎、面部、前額。

然後，留意圍繞着眼球的肌肉，這是特別緊張的部位，大部分人甚至從來沒有留意過眼球原來一直多麼緊張。注意它在膨脹和收縮。

然後，是胸口、胃部、腹部，一直往下到大腿、小腿、足踝和腳掌。

如果放鬆得夠徹底，會感到連身體的最裏面，也在膨脹和收縮。

判斷身體的某部位是否放鬆，有一個基本標準：你能否感到那裏在呼吸，膨脹和收縮？

一旦放鬆，我們會感到身體瀰漫某種精細微妙的感覺，這是平時處於緊張狀態和粗心大意時感受不到的。

只有返回身體，細心地專注感受自己的身體時，才能感到整個身體由上到下、由外至內，都隨着呼吸在膨脹和收縮。

現代物理學告訴我們，物質裏面超過百分之九十都是空間。

為甚麼我們覺得身體和物件好像是密集而不可穿透呢？因為原子之間的引力和排斥力。只要放鬆得夠徹底，便可以感受到身體裏面的空間，前人所謂的「開竅」，正是這意思。

可以進一步想象和感覺，在呼吸的過程中身體不斷擴張，最後身體內部與外在空間相連融合起來。把這感覺，充滿整個房間，彷彿整個空間都隨着呼吸在微微膨脹和收縮。身體與外部空間，便成為一體。

靜心、自在，便是這種內外沒界限的一體感。

從體會雙手隨着呼吸的脹縮開始，堅持每日隨時隨地回歸身體。

上下班，坐地鐵，工作時，看電影，任何時候，從呼吸開始。

很快你便會發現，原來自己從來不知道，可以享受身體裏面這麼豐富的感覺。

収心是，從呼吸修看見的智慧

萬物都是透過獨特的振頻而存在。

人的細胞振頻，能反映身心狀態，可以透過呼吸來呈現。

當你的振頻跟外界不協調，便會產生衝突矛盾，令心跳和呼吸加速，血壓和腎上腺素分泌上升，情緒上感到混亂，如容易發怒，衝口而出說傷害人的話，破壞感情關係。

呼吸，可以顯示一個人此時此刻的情緒狀態。

在關係裏發生衝突時，你會亂氣，呼吸急促，聲線提高，發脾氣，沒聽清楚對方的說話，不能深入了解對方所需，卻已擺出一副要吵架的架式。

有經驗的療癒師都懂得觀察呼吸，察覺人的能量和情緒狀態，如急躁的人會呼吸錯亂和淺薄，說話急促。

調校呼吸，可以調整情緒，把已動的氣下沉，收心養性。

能沉住氣，自能保持清醒和覺知，包容自己和別人。

動了氣，應馬上動身走開。走開，是調整氣息的運動，讓過度集中在情緒的負能量，重新平衡地分配到四肢，避免積聚在思想和動氣的地方，想着對方的不是，想吵架。

走開後，盡快調整呼吸，深吸一下，再長呼三次，可以大力吐氣，不吐不快，將濁氣呼出，平伏情緒。

情緒一亂，心跳變快，可按住手腕底下三隻手指位中央的內關穴，按穴呼吸，調節波動的情緒。情緒放鬆了，心才能安靜下來，看到是非黑白，解決問題。

有一個收心呼吸練習，叫「搖擺呼吸法」。

小孩子有一種本能，喜歡搖籃、打鞦韆、搖搖板，因為這些有節奏的穩定搖擺，能令腦袋分泌安多芬，這是讓人快樂的激素。

借助搖擺的節奏，可以靜心。

搖擺，是生命能量起伏的特性。健康的身體，是不斷在搖擺。如體溫、血壓、脈搏、血糖值、膽固醇值等，都在一定的幅度內搖擺變化。

搖擺，是一種節奏，生命是依從某種獨特的節奏才能運行暢順的。

大自然有搖擺的規律和節奏，如海洋的潮漲和潮退。假如人的內在節奏契合大自然的節奏，便會產生和諧的生態規律。

人類的呼吸和波浪的節奏很相近，人聽到海浪聲會自然感到舒泰，像嬰孩在搖籃內會感到安全，或返回母體內，感受到子宮的收縮節奏一樣的被愛感。

到海邊去，隨海浪的一來一去，身體順應地搖擺和呼吸。閉上眼睛，和海浪的自然節奏變成一體，思緒便能定下來。

收心而後靜心，是一切和諧溝通的先決條件。和自然的呼吸連接上，產生和諧的共振，情緒會穩下來，覺知自能打開，便能修「看見」的智慧。

能看見自己，發現身邊人的身心狀態，便懂得和對方協調，懂得愛他們。

當伴侶情緒不穩定，呼吸急促心亂時，別多說多發問，先調整自己的呼吸，放柔聲調，放緩說話速度，你的振頻自然會影響對方，讓他注意到你在聆聽他，而非只顧自說自話，沒有關心他的感受和需要，他自會跟你平靜地互動探戈。

你還可以到山林去抱樹，讓老樹的呼吸跟你的呼吸共振。

樹看來好像不動，沒有聲音，但其實它一直在動，根一直以緩慢的節奏伸延，擁有它獨特的振頻。

老樹的能量很強，它的光合作用和整個地球共同呼吸，息息相關。因此，熱帶雨林對生態循環那麼重要。

擁抱樹，像在老人的庇蔭保護下，修煉溫柔地堅強，不怕風吹日曬和雨打，情緒能保持穩定，堅固，剛柔並重。

和樹一起呼吸，人會收斂，變得祥和，不易生氣。

樹能給予安全感，情侶多到樹林走走，有助減少愛恨起伏不定，焦慮不安。

培養和樹互動的融合感，就像做愛時協調彼此的呼吸，和彼此的性能量互動，磨合和諧的性愛節奏，不會只顧及自己痛快，要留意對方的呼吸，調和動作。

行山時，可體驗呼吸的協調，和伴侶一起調節呼吸流動的節奏。走到累，找棵感覺良好的大樹，坐下來，緩呼吸。

你還可以，和寵物一起平靜地呼吸。

譬如貓，既容易緊張，又懂得養生，牠們的呼吸很平靜，會享受陽光，伸懶腰，做瑜伽，發出咕嚕咕嚕的靜心振頻，讓自己和你都放鬆。

學習貓一樣平靜地呼吸，做伸展運動。家裏有貓陪伴，能讓氣場和諧流動。

振頻不好，呼吸不協調，都會影響氣場，令人不安。

佛陀的靜心法，是從最簡單開始，就是靜心觀息。

息，是呼吸，是「身」下一個「心」，細心調整自己的身體便能調整心性，令你變得溫柔和細心，能孕育愛的能量，能細膩地去愛別人，融入大愛的共振中。

04

收心是，找出定心的節拍

生命最先發展的是心臟。心的重要功能，是表達和平衡情緒、情感和慾望。

我們可以調校內在的節奏和韻律，達到靜心。

我們的腦幹結構，或者叫爬蟲腦，那是最原始、簡單的爬蟲類動物的腦結構，是最純粹的生理功能腦組織。它能繞過情感和理智，對思想不感興趣，只對節奏和韻律有反應。

在重複的節奏中，腦幹能進入安定、安穩的狀態，讓我們放鬆下來，感覺良好。

穩定和重複的節奏，能很快地繞過思想，進入定心和專注。

數拍子的專注，是不能亂，亂了便要從頭再來，這是很集中和單純的練習，但最奏效。

原始人發展擊鼓、祭祀、禱告等，都有很強的音樂性元素，能達到部族集體催眠和舒緩的效用，安定民心。這是一個啟示：要靜心，平定情緒，音樂和節奏是很好的入口。

想定心，可以尋找能叫你放鬆、跟着節拍走的純粹節奏，超越音樂，超越語言。

所以，很多宗教會借助誦經、集體祈禱，來達至內心平靜。

想定心，可以找一個適合自己的節拍。你不用是個音樂家，甚至不需要懂任何樂器，你只要練習打拍子。隨時隨地，用任何方式，在大腿上，在飯桌上，左右左右的輕輕拍打，建立一個穩定的節奏。譬如左一，右二、三、四。隨意就可。重點是穩定地重複，節奏一致，不會時快時慢，不亂。

用節拍走路，注意節奏，細數一、二、三、四，一、二、三、四，甚至配合你喜歡的音樂，一邊聽，一邊跟着節奏寫字，溫習，養成習慣。

專注在節拍上，便能繞過思想，讓你變得純粹、簡單起來，進入自我催眠、放鬆的狀態。

心亂時，馬上打拍子，身體輕輕地跟着節拍舞動，這是很簡單的靜心方法。

跳着舞，跟着拍子走，跟着拍子機唱歌，都是同一個原理，得到同樣的效果。

跟着拍子走，是抗衡你內心其實最害怕的無常。

無論世事有多變幻，透過投入重複的節拍，總能輕易地返回內在的中心定點，穩定情緒，尤其適合容易緊張、恐懼，難以集中和沒有自信的人。

進入身體，試着跟自己的心跳節拍共舞，便能找到內在的協調，和自己融和，這是平靜的源頭。

靜心不是停止思想，而是找回內在的節奏，接通內在原始簡單的身心平靜狀態。

靜心並非靜止狀態，它是換一種活動的方式舞動細胞，為自己調頻。

注意呼吸的節奏，走路時的節奏，飲食時的節奏，說話時的節奏，做愛時的節奏，抽煙時的節奏，罵人時的節奏，埋怨、彈琴、飲酒、一切活動的節奏。

以節奏去看自己，觀照自己，你將很快返回覺知，看透自己所思所行，不再糊塗。

這節奏，幫助你覺知。

05

收心是，和思想機器保持距離

心亂時，思想容易不受控，停不住。

有時雖然已透過呼吸或運動讓身體放鬆了，心卻未能定下來，情緒和思緒還在作動，帶來不安感。

因為思想是能自動運作的，它甚至可以成為操控你的主人。

試試現在，停止思想十秒，只是十秒。啊！很難做到。

思想的內容，大部分都是不受控制的胡思亂想。

如果連自己也無法控制思想，如果我們並非思想的主人，為何要認同思想等於我呢？

我不等於我腦袋裏的思想。

大部分痛苦和悲哀的根源，是誤以為腦海裏那些喋喋不休的聲音，就是自己，就是事實。

思想只是一部不停運作的機器，這是進化選擇的結果。

我們的祖先在幾十萬年前的非洲原野上，找到食物興高采烈。有些人甚麼也不想，只顧進食，有些人卻會想，樹上會有東西跳下來？附近有沒有野獸？假如這時真的有猛獸出現，哪些人的生存機會大一點？自然是滿腦子憂慮，較有警覺性，在發現危險時第一時間逃命的那些人。

只顧着吃得津津有味的人，被吃掉的機會更大。警覺性較低的人的基因，較少機會能繁衍下去。

我們的祖先，大部分是那些習慣經常左思右想的人，我們也遺傳了他們的基因，這是進化選擇的過程。

進化以外，還有社會教化過程，兩者相輔相成，出於競爭所需，令人慣性地無時無刻都在思想，否則便無法在社會上立足。

思想的運作，是不斷彈出各種不同的念頭，不斷地運行下去。它不管這些想法是否真實、有意思、有價值，更不管它們對你是否有幫助抑或有害。思想，無可避免地同時是胡思亂想。

你的思想可能正是你的敵人。

日常中大部分的思想不僅沒有用，有很多甚至是有害。它會自己運作下去，不管你的死活。

思想的唯一運作原則，是不斷地運作下去。

如果你有尋死的念頭，又執着這個念頭的話，思想便會順勢湧出一百個叫你去死的理由，它不會為你好，你真的自殺，它也不會關心，只顧不斷地運作下去。而要運作下去，它需要不斷地吸引你的注意力，你的注意力和關心，正是它的能量來源。

思想是寄生在我們身體上的工具。它像科幻電影裏的機械人，原本是服務我們的工具，但發展失控，會反過來控制我們，甚至不惜毀滅我們。

思想，是人類生存的「必然邪惡」(necessary evil)。

「我」不等於「思想」，也不是思想的總和。

我們未能自由地停止思想，但我們有自由不去認同思想就是自己。

過分執着各種紛亂的思想，甚至認同這些念頭代表自己，便會墮入地獄，萬劫不復。

相反，明白思想只是一部瘋狂運作的機器，你便可透過收心養性，跟它保持距離，過濾真正對自己有益、帶來成長和智慧的思想。

有一個現象，是思想總是傾向負面，恐懼和痛苦的記憶也較安樂的多。

思想要運作下去，一定要靠我們的注意力供應能量。

我們接受的教育、成長的經驗裏，負面經驗總是比正面的多和強大。負面情緒比正面情緒維持得較長，所以比正面情緒更能吸引我們的注意力。思想因勢利導，傾向於製造更多負面思想來吸引我們的注意力。

痛苦的記憶比安樂的多，是因為我們是哺乳類動物中受撫育階段最長的生物，必須依賴成年人對自己無條件的愛和照顧才能生存下去。因為長時間處於無助、依賴和被動的心理狀態，人對恐慌和不快經驗的記憶便特別深刻，遠比產生能駕馭環境的安全感和安樂感來得早。

你會發現，腦袋無時無刻都會閃過很多負面思想和記憶。

情緒狀態正面時，我們會對這些念頭一笑置之，甚至根本不留神，任它飄過。

陷入負面情緒時，我們會特別注意這些負面思緒，特別執着。

思想的特性，是它不會為你的利益着想。

思想只會順勢製造更多負面想法，為吸噬你的能量和注意力，令你被思緒控制，產生負面情緒，陷入惡性循環中。所以，負面情緒很頑強，不斷吸噬和虛耗你的能量，令你非常疲累。

06 收心是，覺知身體讓思緒消失

我們其實是有能力和自由，超越思想和情緒。

我們需要收心覺知。

我們很難透過思想去超越情緒，正如不能靠魔鬼來趕走魔鬼一樣。

但是，我們可以透過身體，超越思想和情緒。

身體是最直接，又人人可循的途徑。

思想是 Nobody，沒有人，也是 No Body，沒有身體。

只要我們一開始思考，便會忘記自己的身體。

思想和身體，是注意力的兩極。你愈是留意思緒，愈遠離自己的身體。

你愈專注在身體，愈能平靜思緒。

當你全然回歸身體，腦海會一片寧靜，自然進入流動的狀態。

人感到痛苦，不是完全忘記了身體。如果真的能做到，沉沒於思緒之流中，反而不會感到痛苦。

人的痛苦，是把百分之九十以上的注意力集中在思緒，百分之十放在身體，而這百分之十，正是負面情緒在身體引發的痛苦感覺。這百分之十，已經足夠把你折磨得死去活來。

要轉化思想和情緒，第一步是培養對身體的敏銳覺知。

可以透過感覺呼吸的膨脹和收縮來放鬆，重新發現身體裏面的微妙感覺。

也可以嘗試在身體裏面，覺知情緒的生理反應。

不妨從憤怒開始。下次當你感到憤怒時，提醒自己，留意那個憤怒感來自身體哪個地方。

人在憤怒時，當然知道自己正在憤怒；但如果問憤怒具體是在身體哪個地方，你可能不曉得。因為憤怒時，我們會失去百分之九十九對身體的覺知。

不要壓抑憤怒，那只會有反效果。你可留心憤怒時身體哪個部位感覺最強烈，通常是在太陽神經叢，即心口對下，腹部以上的地方，在胃的位置。

留意到憤怒的位置，憤怒的感覺後，不要嘗試壓抑它。你可以看着它，仔細地，甚至溫柔地看着它，不認同，不憐憫，不分析，不否定。那個憤怒會驟然消失。

如果你夠專注，憤怒感隨着憤怒情緒消失時，會突然轉化成一種強烈的舒服感覺，就在你剛才感到強烈憤怒的身體部位裏，甚至向四周擴散。這是超越情緒的煉金術。

以後，每當你處於負面情緒時，立即提醒自己，注意身體的呼吸。

你把百分之二十的覺知放在身體上，思緒便減弱至百分之八十，一直到百分之十，然後百分之九十的覺知便回到身體上，思想和情緒逐漸無法打擾你。

不過，思想是一部進化了幾十萬年，習慣縱容了數十年，是身體上最活躍的機器。

為了要繼續運作下去，尤其是面臨威脅時，譬如不再吸引你的注意時，它會掙扎得更厲害，會用盡辦法，製造更厲害、更難受的念頭，來重新吸引你的注意力。

你會不斷被思緒拉扯。這時，你需要動員意志來抗拒它，把專注力拉回身體的感覺上。

關鍵是，改變習慣。

07

收心是，從改變習慣超越情緒

別以為你不喜歡負面情緒。

其實人都是負面情緒的癮君子。

情緒是很深的癮，人總是不自覺，慣性地跳進情緒的毒癮海中自我沉淪，不能自拔。

你要培養對身體的覺知，運用意志，把注意力從思緒轉移到身體去。

你說很難，不是因為方法難，只是習慣的問題。

你活了多少年，便養成多少年的慣性，大部分都是陋習。

你已習慣把所有注意力集中在思緒上，成為它們的奴隸。

只要改變習慣，重新留意身體，漸漸地，大部分的注意力會回到身體上，不為思緒所動。

收心，需要改變習慣。

當你收心，專注身體，習慣放鬆，逐步發現它的精細感覺後，慢慢地，你可以清晰地察覺到有一條界線。你會進入某種特別而又清醒的意識，類似流動的狀態。

就像一道門檻，外面是思緒，裏面是身體感覺，一切情緒反應，便像靜觀窗外的風雨飄遙，不能打擾窗內的你。

不希望被思想和情緒拉扯，控制你的話，要學懂退一步，退回身體感官，與思緒保持距離，然後便是靜心，可以享受真正的自由。

不過是習慣的問題。

我們習慣了以為自己就是思緒，習慣被它們吸引，習慣向它們供應源源不絕的能量，習慣跟隨它們不斷轉動，習慣讓自己墮入情緒裏萬劫不復。

我們要培養新習慣，從體會身體的呼吸感開始。

在任何時候，感受自己的身體隨呼吸的膨脹和收縮，把這種感覺擴大，直至感覺整個身軀被一團溫柔的能量包圍着，你能漸漸開啟另一度覺知之門，以自由和舒服的狀態，去經歷生命。

不用多久，你便能享受自在和自由。

收心是，內斂眼神打開覺知

觀照，是保持覺知，正念地察覺到細微，看到自己正在想甚麼，做甚麼。

收心，可以內斂眼神，修煉定心，打開覺知。

內斂眼神，是眼睛沒有對象，稍向眼前下方約45度的位置，凝神投射望向丹田，將心神集中在丹田。

就像貓在養息時的禪定眼神。

不要閉上眼睛，閉眼其實也是在看東西，沒有真正閉上。

內斂眼神，留守丹田的位置，很容易能找到一個定點，就在那個定點上，安定自己，腦袋便不會亂遊蕩。

當你能定在一個點上，便難以想其他事情，但這不意味停止思想或活動。

內斂眼神，是依然保持能量流動，只是把注意力集中在丹田的呼吸節奏，尋找內在的聲音和韻律。這樣的你，能保持清醒和覺知，這便是觀照自己。

眼睛為何要望向下方？

原來，不同的視點位置代表不同的感官活動。

眼睛向上，代表你在回憶，尋找概念、主觀意願的影像記憶。一切記憶都是主觀的投射，是記憶體抽取情感上類似的影像，與當下的視覺神經元匯合，讓你以為真的看到你想看到的東西。

記憶的影像和感覺可以很真實，卻可以與事實無關，更多是假象。

靠記憶達到定心和靜心是不可能的，只會愈想愈亂。

眼睛向左右方位，代表你在聆聽，在細心注意外間的動靜，但未能注意內心。

只有內斂眼神，把眼睛或意識重心放在丹田，你才能馬上收斂心神，回歸內在定點位。

在任何地方和場合，都可以修煉，不用多久，便能修出既敏感亦從容的靜心修為。

養
心
足

01

養心是，願意打開心胸

你要改變自己的心胸，而不是別人的思想和行為。

試用愛撫嬰兒的心，去愛撫自己的心，孕育一個身心健全的自己。

不想過去，由現在開始，懷着關愛自己的心，重新溫柔地愛撫自己，對自己微笑，告訴自己，會好起來的。

不要怕，只要信，這是自愛的力量。

要打開心胸，最簡單和自然的方法，是多微笑。

我們很容易看穿一個微笑，若不是發自真心，你只看到嘴角兩旁的肌肉被強行拉開，眼神卻透露了真心的想法。

愛也一樣。如果是強裝的愛，很容易會流露出來，因為你沒有用心去笑，用心去愛。

真心的笑，眼角下的那組肌肉會同時活動。眼睛難以欺騙人。

試着每天對自己微笑，不為甚麼，純粹地笑，向自己笑，給自己正面的訊息，激活正能量的細胞。

不快樂也不打緊，不要被情緒影響你嘗試去愛自己的行動，為自己多添歡笑。

打開心胸還有另一方法：別放棄信念。

信念能改善自己，療癒活壞的身心，有了信念便有希望。

打開心胸還有這個方法：別在道德上判決自己或別人。

先從心的能量狀態開始，檢查自己是否已承受不起持續的疲態和失望，別把問題轉移視線，在道德判斷上當審官。判了刑而不知罪在哪裏，這判決只是獨裁，無法真正解決問題。

當你投入一種想法或一段關係而感到吃力，壓力很大，勞心勞累時，你得停下來，先休息，回回氣，讓心平靜下來。然後反省，到底是哪裏出現了問題。

請返回愛的母體去，即是我們的心，每個人最私密最安全的神聖空間。在那裏重燃愛的力量，跟自己微笑，跟際遇説聲 Why Not。

打開心胸的窗戶，那裏海闊天空，心遠地自偏。

懷着關愛自己的心再上路，向悲傷説再見。

02 養心是，讓它進來和出去

走向靜心的道路，是做一個會「化」的人。

化，是轉化能量的意思，鍛煉心胸，學習放下。

人說「看化了」，是悲觀和消極的，對生命不再有熱量。這個化境，是積極正面的。

有轉化才有轉機，有轉機才可面對變化，改變自己，不會自困。

學習轉化，是學習管理自己面對變化的能力，換上正面的能量。

放不下，抑壓着，能量閉塞，便會無法適應內外的變化，影響情緒。

情緒是一種具體的能量，是在身體某些特定部位如胃、胸口等流動的具體感覺。如果你比它走得快，及時覺知它，它便不一定會以慣常的形式爆發出來。

保持覺知，能將負能量轉化成正能量。

轉化能量最直接和快捷的方法，是從氣入手，
從身體入手，不是思想。

氣轉化了，便是更新了自己一次。

所以，回到呼吸去，是那麼重要，那麼基本。

人有兩種氣，一種是清氣，一種是濁氣。濁氣
下沉，清氣便會上升，人便會通氣，平衡。

氣不堵塞，便能通情達理。

人是踏在地上的動物，踏在地上，將濁氣下沉
至腳底，湧泉穴的地方，清氣自然提升，這是
一次氣的循環更新。

別老是坐在電腦前不動，坐久了便起來，站
樁，運一下氣，轉化一下能量，打通內在的空
間和胸襟，你便捨得放下。

假如你善於以視像來思考，可以想象身體是很
溫柔的光，讓光徐徐在丹田發亮，溫暖自己。

想象看見令自己舒服和開心的東西，譬如寵物、棉花、藍天白雲、陽光海灘，甚至是看見你對愛人的愛，讓自己感到被愛和溫情。

把這被愛的感覺，好好放在心胸，放在丹田，給自己充電，補充清氣。

你還可以練習自如，let in，讓它進來，let go，讓它出去。

讓你一直最害怕、最想逃避的東西進來，這個練習教你面對自己的弱點，找到定心的位置。

讓自己面對最害怕的東西，如病痛、失戀、失眠、黑暗、貧窮和孤獨。

不再逃避，勇敢面對一切你希望逃避的。

把你最害怕的，溫柔地、徐徐地放進心裏，下腹裏，不要否定它。轉化它，照顧它，關懷它，接受它，正如你學習接受自己的一切那樣。

讓自己變得透明，讓一切穿過自己，不留，看著，流動，它便會離去，還你自由。

讓你最害怕的，進入內心，把它溫柔地溶解，變成你生命的一部分。不抗衡，不否定，讓它自然流失。

大部分治療方法，尤其是西方的治療，甚至是所謂靈性的治療，都教我們如何 let go，將不想要的拋棄，放下。

但我們可以試走「讓它進來」這一步，雖然這步較為難行。

你能讓它進來，你將甚麼都可以了。

大部分人遇到不開心或痛苦的事時，會努力趕它們離開，排斥它們，沒有大方一點請它們進來，沒有招呼它們。它們被拒絕了，總會不甘心，再來纏繞，常來敲門，想進來騷擾。

過門也是客，其實我們可以大方一點的。

問自己目前最害怕甚麼，面對它，它是一面鏡，反映你當下的弱點。

面對，超越，才能心安理得，達到真正的平安、靜心。

讓它進來，是訓練勇氣的練習。要活好，需要很多勇氣。

譬如面對失眠，假如你想盡辦法驅趕它，只會愈趕愈糾纏，浪費很多能量，結果還是無法入睡。不如轉化心態，不抗拒，打開門，招呼它進來，它看夠了，自然會走。

把自己變得透明，讓它穿過你，沒有讓它停留的餘地，它自然會離去。

不要大費周章去遣散你所恐懼和討厭的。打開自己，開放自己，你將是個海洋，海洋沒有害怕巨浪的理由。

讓它進來，你將處變不驚，怡然定心，進入靜心狀態。

先讓它進來，再讓它出去。先 let in，才能 let go。你接受不了，便無法放下，就是這個簡單的道理。

這是先入後出的道理，比拒絕它、想辦法駕馭它、控制它、壓抑它、請它離開更有效。

是你一直逃避讓它進來，心胸也無法擴大。讓它進來，所有恐懼、不安和困擾，將無法停留。

這不是容易做到的修行方法，看你的決心和承擔自己的勇氣。

大方是最後的勝利者，你將變得勇敢，成為一個真正的勇士。

你毋須壓抑情感，讓它流放，不要困住它。讓它流動，自然的流露。

哭沒有甚麼不好，憤怒、妒忌、掛念、埋怨、依賴、執着、懦弱，貪婪、慾望，沒有甚麼不好，不要努力排斥它們，它們都是你的一部分，但它們都不能代表你，它們不是你，你毋須認同它們。

所謂悲哀，只是純粹的能量被困在負面的洞穴裏。只要你找對竅門，便可以釋放它，把它轉化成理想的能量，豐富生命。

讓它出來，穿過自己，讓它離去，清理自己。

轉化它們就是了。

不用怕對錯，只怕麻木不仁。

你要變得流動，保持心靈出走狀態，轉化能量，覺知，觀照，像黑洞一樣吸納，融化，變成一體。

你不再是你，你還是你。

養心是，讓自己走進黑暗裏

我們都不了解黑。

人對黑抱有很多負面的觀念，譬如邪惡、罪行。其實，我們都不了解黑。

很多人做治療，打坐靜心時，喜歡幻想自己成為一道光，或者看到一道光，溫暖自己。

人體本身能散發光，這是科學的現象，並沒有甚麼神秘之處。我們本來便是光，擁有光亮，那麼也可以接受黑暗。

黑暗是必然的，光要在黑暗中才能呈現，沒有黑暗，光無法存在。

黑暗是永恆的，不變的，黑暗是一切存在的背景。

光不穩定，你可把它熄滅，即使強大如太陽的光，也有升落週期，日落正是回歸原始狀態的時刻，而回歸之處，正是黑暗。

我們都以為在黑暗裏會感到危險和恐慌，但其實當你能靜下來，面對黑暗，可以怡然做回你自己。

在光裏你坐得很端正，扮演不同的角色，關燈後，你可以馬上坐得放肆，放下世俗要求的所謂莊重，感到自然舒泰。

很多人喜歡在夜半幹活，因為黑夜讓你做回你自己，不用再戴上面具，滿足別人的期望和慾望。

黑暗是生命的母體，在黑暗裏，我們感到更安全，更舒服。

光是一種干擾。在光裏，你很難入睡。光會打擾睡眠，產生緊張。

在黑暗裏，你可以放鬆，把自己交給黑暗，信任黑暗可以保護你，讓你睡得安詳。

試想，一個人出走到荒島，面對四周的漆黑，最初會感到孤獨、恐懼，再過幾天，便會由恐懼變成習慣，開始和荒野親近，習慣活在黑暗裏，再沒有外在的刺激打擾，能和黑暗連成一體。

然後，你有會發現，原來黑暗裏別有天地。你在黑暗的世界發現星光，在城市裏你卻不會注意到星光的亮麗。你發現萬籟有聲，原來夜間有很多生物在活動。你一直不知道黑暗有另一種存在狀態。你開始感到驚喜，活在黑的新世界裏，習慣不再一樣了。

當你接受黑暗，嘗試靠近黑暗，甚至去愛黑暗時，你將不會害怕孤獨，也不會害怕死亡。生命到最後，將重返黑暗。

生命來自黑暗，來自母體的子宮。生命的孕育都在黑暗裏。人在子宮裏如是，植物在泥土裏如是，生物如是，星體也如是，在浩瀚的黑暗宇宙中各自存在。

光明永遠有源頭，但黑暗不需要源頭。但凡有源頭的都不是永恆。只有沒有源頭的才是無限和永恆。

當你接受黑暗，不畏懼黑暗，你將體驗孤獨的本質：自在、安全、平靜，這是愛的體驗。

黑暗讓你安心，學習一個人自處。

害怕黑暗的人都不能自處，無法獨立地照顧自己，活在緊張狀態中，會情緒化，容易恐慌焦慮。

試着在黑暗中靜心，面對自己，邀請黑暗，進入你內。

學習走進黑暗裏，或者讓黑暗進入你內，然後，讓它進來，出去，讓黑暗作為依靠，把愛的感覺與黑暗，融合為一。

晚上把燈關上，盡量讓房間在全黑的狀態。用雙手蓋着眼睛，但不要合上眼，你要張開眼睛，望着眼前的黑暗。別以為在黑暗中甚麼也看不見，其實你是可以看到的，你看到了黑。

不要合上眼，合上眼的黑，只是概念的黑，思想上的黑，那是不存在的。張開眼的黑暗才是真實的。然後，在心胸的位置，體驗呼吸的收放，帶着愛的感覺，將黑暗徐徐地帶入身體內。

黑暗是很強的能量，是一切的終極。

嘗試接觸黑，讓黑暗跟自己融為一體，你會變得安靜，不再驚怕孤獨。

讓黑暗的能量增強意志和愛，你將有能力面對未知的人生。

04 養心是，學習沉靜與慎言

女生有一個毛病，非常愛說話，只要有人在身邊，便會不斷地說話，不然便是把食物塞進口裏，不能讓口腔有片刻的休息空檔期。

其實不是真有甚麼事情要發表，也不是因為肚餓而吃東西，她們只是害怕孤獨。

當你自信心不足，強烈地需要別人認同自己，關注自己時，你便渴求說話。

嘴巴無法靜休的人，也無法定心，無法獨處。一個人的時候，不敢呆在黑暗裏，晚上睡覺要打開燈。即使有宗教信仰，不時做功課，脾氣還是很火爆，整天浪費很多能量。

去過靜修營，閉過關的人，說話會變少，東西吃少了，不像以前隨時感到肚餓，精神多了，做事和思想也少了躁急，不像以前容易發怒，人變得溫柔了。

有規律的作息，禁言的生活，能在短期內帶給人莫大的改變。

沉靜是一種力量，它是很好的治療師，讓人從雜亂回到安靜，從暴躁到溫柔，從盲目到清明，從埋怨到體諒，從恨靠向愛。

靜默，令人少費勁，保留陽氣和正氣，這股正能量，能結合理性和感性，令人不易偏激，能保持情緒穩定，毋須借助不斷地說話和盲目地進食，來逃避清靜和面對自己。

合上嘴巴，呼吸能集中，注意力自然回歸身體，五感會變得敏感，不再麻木，不再依賴慣性，浪費氣力。

覺知回來了，感覺和腦筋會變得比從前更新鮮，更開放。

少說話，調整作息時間，進食適可而止，養成不隨便把東西放進口，把話說出口，人便會進化，由動物性、慾望性驅使的生物性行為和思想，演進至向心靈推進的層次，好像換上新的五官，看到以往看不到的，聽到以往聽不到的，尤其是你內心的動靜。

你將首次感到自己真正喜歡的、不喜歡的、逃避的、歡迎的，你開始熱戀地希望好好愛自己。

沉靜，讓你踏上自我發現的旅程，對世界改觀，開始看到以往的執着和不穩定的情緒，開始靠向和平，懺悔自己。

沉靜讓你脫胎換骨，尊重說話，學會聆聽，人不再浮淺，擁有穩定和內斂的力量。

說話反應過快的人，心亂難定，害怕寂寞，經常需要有人回應自己，陪在身邊，無法自處或獨居，以廣交朋友和說話，填滿空虛感。

這些人，通常容易犯口業。

我們都不太懂得說話，不很清楚說過甚麼，製造了甚麼後果，敏感度不足。

要注意口業，要慎言。

我們每天製造太多語言垃圾，假裝在對話，不過在獨白。

你知道你説過的話正確嗎？説得恰當嗎？討人開心還是惹人反感？是否播下負能量種子？是否傳送溫暖能量？是否自暴其醜？是否為別人添麻煩？是否挑釁或刻意攻擊？是否欠公允？是否影響別人的聲譽？真的有必要説出來嗎？

人言可畏，你懂的。

一句話可以影響深遠，群起的愚癡回應，甚至可以殺人。

説話留言前，請先問一句：我開口的目的是甚麼？求發洩、抒發情緒？覺得無聊、空虛、寂寞，想吸引關注？

再問：你打算為所説的話負責任，承擔後果嗎？

再再問：真的有必要説出來嗎？

負責任，承擔後果，是三歲小孩已經需要學懂的道理。他們早已知道需要面對受罰的威脅，不能想做甚麼便做，想説便説，做甚麼都有代價。年齡不是免死金牌，人不能長大了便無賴！

你可以繼續説，但你要負責任。

注意妄語。

佛教要人持妄語戒，是人基本的修為。妄語包括惡口、兩舌、綺語、妄言。中傷攻擊、揭人私隱、挑撥離間、説動聽謊言、説假話、挑是非，挑爭端，説得輕挑，不負責任，有心無心，都是禍。

有些害，傷現在，有些害，傷將來，不只於你與我之間。

若已說出不當的話，要不要修正？要，盡你所能修正，這除了是基本禮貌和修養，更為減低日後被他人借機挑事端，或被無知者誤信內容繼續把妄念滾大的機會。

有一種修養，是在說錯話時，收起嘻皮笑臉，閉上嘴巴，說聲對不起。這是君子的品行。

大部分人，都捨不得放下自己所想，覺得離開不斷的說話和思想，便沒了自己，感覺不到存在着，十分虛無。

思想就是說話，兩者的分別，只是前者表面沉默而已。

說話和思想一樣，每天耗損我們很多能量，令我們很累。

喜歡說話的人，同樣是喜歡胡思亂想的人，因為缺乏安全感，害怕寧靜，需要不斷用說話填滿空虛感，不想面對孤獨的沉默。

要尋找內心的安寧，請注意自己的說話模式。不妨錄下自己和別人的對話，回放細聽，你將親耳聽到自己慣用的否定式句子、不離口的負面內容。那請你試刻意多說較正面的句子。

請你嘗試慎言，少說話。若一時間無法減少喋喋不休的說話和思想，可以用唱歌取代，重複哼自己喜歡的歌。

最理想是哼純粹的音調，或唱簡單的、輕鬆一點的歌曲。一首歌的歌詞再多也不過那麼幾句，總比愈想愈倍增的負面思想和說話內容，更環保和節儉。

少說話，多做事，這是閉嘴的修養。

05

養心是，養好自己的能量

我們經常感到累。

明明要處理的工作並不是很多，休息的時間也不至於太少，甚至睡足十小時還是感到四肢無力，愛賴床，不願起來面對自己。

你自問並不懶惰，做事很認真，甚至沒有偷懶過。體檢驗不出哪裏有毛病，不知是否患上潛藏的疾病，十分擔憂。

其實是你沒有管理好作息時間，流失了精力，心力交瘁，不懂得保存能量。

原來我們沒有適當地休息。

人的身心功能，是依據一個「超晝夜節奏」運作的，這是一個能量循環的節奏，在特定的循環時間裏，讓身體自然從高能量狀態調到低能量狀態，然後再由低調至高。這個週期，大約需時九十至一百二十分鐘。

我們能保持高能量狀態的時限，約為九十至一百二十分鐘，其後便會感到疲倦，需要稍為休息，起身走走，喝杯飲料，舒展筋骨，才能恢復體力和集中力。

若我們過分耗損精力，連續工作三四五個小時而不小休，便會虛耗體力，降低工作效率。能量下滑，會影響情緒，容易發脾氣，或者感覺麻木，忘記適時吃喝，對自己和別人的耐性也會大減退。

情緒壞、脾氣臭的人，不是工作狂便是患失眠。這些人通常也會有便秘問題；因為忘記了定時飲食，緊張狀態讓他們消化不良，腸臟在壓力下難以蠕動順暢。胃病、肚痛或腹瀉、脹氣、臉色難看、脾氣暴躁、容易發怒等，都是長期在壓力下不懂得放鬆和休息的惡果。

懂得管理自己的能量循環節奏，才能養好自己，平衡身心健康。

可惜，我們都過分把管理學放在財政、學習和八卦別人上，忽略了注意自己的能量狀態，對自己不夠細心溫柔。

長期勞損細胞和肌肉，導致頸梗肩痛，腸胃失調，情緒不穩，正是能量失調的結果。

從今天開始，注意自己的作息時間。

若你是慣性工作狂，或者早已對疲累的感覺麻木的話，不妨放一個小鬧鐘在桌前，或者調校手機的響鬧功能。

每一個半小時或最多兩小時，鬧醒自己一次，起身走走，做五分鐘簡單的伸展運動，對自己笑一下，陪寵物玩一玩，再回到工作崗位，效率和質素會大大提升，感到心境正面良好，不再容易鬧脾氣，人際關係也會改善。

06

養心是，盡情地無聊

你已累透了。

累了，便要停下來，到外邊走走，擱下困擾自己的人和事，做些傻事、讓自己開心的事。

人就是人，不能變成神。人的力量有限，你不是太陽，你只能做你可以做的，放下無能為力的。

解決不了的事情，不妨先讓自己休息，別去多想，想也想不來。

問自己，假如生命只剩下三分鐘，你會做甚麼？放不下甚麼？甚麼才是最重要？

答案正是你真正的內心嚮往。

是時候停下來，休息，更新自己。

辦法是啟動已麻木的身體。

自覺精明的人，往往對自己身體的感知最笨，不知道身體反應是最直接和可靠的指標，提醒

你的健康出狀況了，直接影響你的心情、情緒甚至智商狀態。

先從培育身體的覺知開始。

注意是否因為趕時間、精神緊張、杞人憂天、不肯下班、酗酒、抽煙、暴食、過度上網等，而令身心出現疲態或毛病。

頭髮開始掉了嗎？皮膚痕癢嗎？你怎樣抓也不能減輕症狀，還會出紅斑，嚴重的甚至有關節痛嗎？那是由於免疫系統過敏反應。

免疫系統因過勞而衰弱，經常傷風感冒咽喉痛，長期的壓力令激素水準過高，損害心臟、腸胃等器官。你還有便秘、胃痛、心痛、動輒流淚、心煩氣燥、容易被激怒，甚至會在巴士上地鐵裏商場內罵人、失禮、失控……

因為你沒有休息，不是問題沒有解決。

聆聽身體發出的信號，留意身體反應是否處於壓力狀態，給它回饋紓緩的信號。

平時在辦公室裏，或長期停留在令你勞累的地方，要多做定心練習。

可做靜態深呼吸。注意別提升胸骨，要把呼吸回歸丹田，注意丹田的起伏是否平均、穩定，不要太用力，也不要太省力。

閉目或內斂眼神。把注意點投放在丹田，然後自我暗示：「我要對身體好，感謝身體替我勞累，我要讓身體得到休息。」

休息，能讓累透的身體回復體力。擁有足夠的體力，才是解決問題的養分，不是你的思想。

重新輸入能量，才能刷新思維，之前想不通的會突然想通，找到解決問題的方向。

不要小看休息的功能，它才是你最可靠的助手。方法你都懂，只是懶惰沒有做而已。

請你學習無聊，盡情地、放心地、放膽地無聊。

每天抽一點時間出來，無聊度過。

按當時身體的需要，選擇看看連續劇，跑跑樓梯，到超市傻逛，坐巴士靠窗看風景。或者索性甚麼也不做，躺在家裏地上，看雨看雲看月出。不過是十五分鐘，可能再多一點點，腦子便放空，手腳也放鬆，脖子也不再酸痛和緊繃，離開電腦熒幕的眼睛也明亮多了。

無聊是一種靜心。

當你從過勞的工作，轉換到投入做無聊的事情時，慣性勞動的腦細胞會暫緩下來，其旁邊待用的細胞會自動「替班」，重整神經回路，重設程式。

很多人其實不懂得休息，以為累了便去吃一頓、睡一覺，便能補充精神和體力，這是一個誤解。

吃和睡能補充體力，不過並沒有真正去除你的疲勞，睡醒來還是累，精神依舊差；正是因為你耗損的精神，並沒有因為睡覺而被修復，也就是說，你休息的方式不對了。

疲累有不同的層次和修補方法。

體力消耗的層次，可以透過靜態的睡眠或閉目養神來補充；因為疲累的成因，是經過一天十多小時的肌肉勞動後，體內產生大量酸性物質，只要讓全身肌肉和神經放鬆，便能恢復能量。睡個好覺是基本的。

精神耗損的層次，靠睡眠休息並沒有太大幫助，因為精神耗損是源於思考過多。白領上班族並非從事體力勞動，而是不斷刺激思想，替專案想方案，要處理人事關係，要解決緊急問題，令大腦皮層持續地處於極度興奮的狀態。因此引發的疲累，不能光靠睡眠解決，需要替大腦的興奮區找「替班」，讓它可暫緩下來，放鬆神經。

這樣的話，正確的休息便不是靜下來，而是要繼續動，但「做別的」，譬如離開工作去跑步、游泳、打球半小時，你便馬上充電，感到精神得多了，反而比去睡半小時的休息品質更高。你需要偷懶去動一動，而不是躺下來不動。

長期精神不振、消極型疲累的層次，是對持續做的事、見的人感到厭倦和疲憊，可離不開，放不下。這種情況，靠睡眠和運動都起不到多大作用，心病也。你的問題不是累，而是流失了對生命的熱情。

最好的方法，是發掘和投入去做能重新找到生活和工作熱情的活動。譬如去學習，做義工，長旅行。

活得過度緊張和認真、不容有失的人，請學習偷懶，放慢，無聊，不務正業。

這是另一種積極，學懂休息模式的積極，不然你不過是個工作奴，沒長進，再笨不過。

疲累，是叫你要改變自己慣性的訊號。

我們欠缺覺知，無形中令細胞建立了不良習慣。

身體會朝預設的生活和思想慣性出發，譬如坐姿、呼吸深度，助長口癮或心癮，甚至某些慾望。

你已分不出感覺的真偽，所謂感到舒服，不過是慣性或依賴，而非真的細品過。

瞧你的口味，若你已變得無味精不歡，喝茶時只求香而品不出人工香料和農藥，以為化學香氛很怡人放鬆，卻不知道與吸毒無異的話，那你的所謂放鬆和休息，不過是窒息。

學懂休息，除了是為重組能量外，更重要是為了重新調校失去覺知的慣性，避免陷於麻木與無知。

都說，修行是一生的路。

07

養心是，把手拉近把心拉開

有一個養心的小練習，能讓你不依賴別人，給自己愛的感覺。

這個練習，尤其適合感到孤單，依賴性強的人，剛失戀的人，找不到愛情的人。

我們都懂得和別人握手，卻很少和自己握手。這個練習，是學習和自己手拉手。

當你想享受貼心地和戀人拉手的溫馨感覺時，可以不用靠別人，直接和自己手拉手。

把掌心溫柔地相連起來，嘗試以不同的角度和方式手拉手。不同的拉手方法，能產生不同層次的感覺。

手是很敏感的器官，拉手時，你會感到熱量交流，從掌心回流到心，產生愛的感覺。

和自己手拉手，和自己談一場戀愛，這種愛，直接和實在，感動到把心溶化。

還有一個小變奏練習，是把心拉開後，窩心地手拉手。

幻想把自己的心輕輕拉出來，放在距離胸前約一米的地方。

在這個拉開的心上，投射一個很愛自己的、親密的人。

像拖着小孩子的手，抱着最愛的寵物，擁着愛人的感覺一樣，跟自己做個可以手拉手的知己朋友。

愛你的心就在你跟前，和自己聊聊天，拍拍拖，順應地，被它輕輕拉着你，向前走。

在街上，上樓梯，散步中，跑步時，都可以用這方法，把心拉開，讓它牽着你，陪你走。

把心拉開，眉心也會逐漸拉開。

讓心走在你前面，每走一步，都是由愛你的心帶領你。

這是一種溫馨的、戀愛的、親密的、暖心的感覺。

你和你的心，在此刻，親密純潔地融合。

讓這顆溫暖的心帶你走出這一步，感謝宇宙供養你的一切，感謝身邊默默支持你的人。

這種愛，很溫柔。

08

養心是，心亂時去行山

生活可以很簡單，但大部分人過的都不是簡單的生活。

太多複雜變幻無常的經歷，每一天都不容易應付，難以從容度過。

情緒因外在事端刺激而左搖右擺，要安定下來並不容易。

想安定，可以先舉步，多走路，尤其是走山路，走進山林裏。

世界各地都有很多大自然的山徑，有易走的，有難走的，視乎個人能力選擇適合自己走的路。

多走山路，走進大自然裏，借助大自然天然的療養力量，會更容易清理自己積累下來的疲憊和困擾，轉化負能量，修理好情緒。

行山的好處是，你可以經歷一段集中的、不容易隨時喊停或後退的時間，讓身心調整和重新結合，不再分裂。

情緒不好，是身體和心理不能整合得宜。出現了斷層，身體便產生不舒服的反應，讓你感到不安，再因應不同情況而轉化成不同的情緒表現，如憤怒、悲傷、煩躁、憂傷等等。這些情緒反應若沒有得到適當地排遣，便會轉化成長久的心理壓抑，干擾健康。

要排遣負面情緒，最有效的管道是把它運送到肌肉上，透過運動和流汗，把多餘的、負面的能量釋放。

最初起步時，腦袋還可能會有一些負面的思緒糾纏着，不願意離開；但當不停地走路需要身體能量時，思緒不安所需的能量便被實實在在地奪回了。

這時候的你，會把所有精力花在腰和腳力上，胸肺擴張，你已無暇再胡思亂想了，變回一頭純粹的動物。這一刻，便是最靜心的你。

行山令你一直向前走，沒後退，能量在流動中。

艱苦走過一個山脈，以為最艱難的路應已走過，誰知一山還有一山高，山坡一段比一段險峻，不相信自己真有本事走過去。

面前盡是崎路，卻已沒有回頭的餘地，回頭比繼續更艱難。只能向前和面對。

你可以放棄，但停下來便是絕路。

人在山頭是最孤單的存在狀態，身處高峰，四周只有樹木和靜謐，剩下連生物也遺棄的孤寂。再累也要堅持走下去，信念便是出口。

走山路是很好的靜心方式，是身體和意志的純粹鍛煉，超越時間，沒有思想餘地，連生死愛慾都遺忘。求生、走下去的意志，是你唯一的伴侶。

純粹地走下去。

你可以接收大自然溫柔的照顧，天給你的純氧，樹給你的問好。

抱一下大樹，讓幾十年、幾百年甚至上千年的古樹智慧和能量安慰你，你會很感動，正能量重回身心。

累了，喝口水，休息一下，遙望天地，豁然開朗，原來天大地大，沒甚麼大不了。

大自然會讓你從愁眉轉化成開懷歡笑。人寬容了，心情便不再一樣。

原先困擾你的問題可能並沒有解決（solved），但它已遠離了，因為它已經被溶解了（dissolved），不再打擾你了。

你說知道親近大自然，多走動對身心都好，但好像行了那麼多次山，卻沒有達到預期的身心開朗，放寬心懷，提升正能量的效果。

行山時你做甚麼，不做甚麼，才是關鍵。

行山時跟同伴邊走邊聊天，或者塞着耳機聽歌，甚至只是為走到某打卡景點吃那必吃的地道美食才去。這種行程，跟靜心、寬心、療癒無關，不過是另類逛街。

你和誰一起去，走路時是醉心聊天，還是安靜地打開五感釋放和接收，替自己內外淨化？

有一種行山療法是這樣的：借助行山，釋放多年難放下的心結和委屈。

每次行山時，不作多餘交談，安靜地向前走，打開五感，別只顧着拍照。

然後，把難以釋懷的心結、遺憾、傷痛等傳送到腳底，一步一釋放，把它們悄然留在山林中，日光下。

走到盡處，可輕吐氣，手抱子宮或丹田處，閉目感謝山林的寬大收下了你的心鎖，便能釋懷多一點。

讓自己投入行山的旅程中，最少走一兩個小時甚至更長的路，比困在家裏做一百次甚麼靜坐更身心暢快。

後語

你有需要療癒自己嗎？

靜心，適合你嗎？

還有別的方法令自己過得好一點嗎？

這裏沒有答案，視乎你有甚麼問題，是否願意面對，找到改善的方法。

更重要是，你是否肯行動。

當你停下來，猶豫了，試着質疑，想迴避，不動，只問，繼續思考時，沒有人能改變你。

是你打從心底不想改變，不管你腦裏嘴說的是否另一套。

當你說最怕要做這些，沒用的，太佛系，太刻意了，不適合我。

很好，都是你的選擇，你走你的路，不要埋怨，痛苦自理便可以了。

你要對自己的選擇、意願、情緒和喜好負全責，沒有人，沒有天欠了你，放棄你，遠離你。

方法走近了，你卻逃走了。

別埋怨痛苦。痛，不一定跟隨苦。苦是自己想的，為自己準備的。

從來沒有容易的人生路，傷痛都是必經的關口，不怕痛苦繼續向前走，便是修行。

你不是一個人在走。

讓內心平靜，變得溫柔，愛才能實實在在地真正出現。

誠實看自己的心魔，比期待療癒的奇蹟更務實。

是最偉大最漫長的愛情。
要花的耐性和愛，決心和堅持，
世上只有自己最有資格治好自己，

先看自己，才張看別人。

讓判斷和執着穿過透明的身體，看它路過，不作抗衡，平靜觀照。

豁然接受一切的發生，便不再有衝突和煩惱。

能看穿愛的流向，能平衡和平靜自己的心，才能真正深愛。

問題都在自己處，不在別人。

人最大的煩惱不在際遇，而是你腦袋裝載了甚麼。

管好自己的，親愛身邊的，感謝能性能愛，人生已經足夠。

讓悲傷進來，穿過自己；讓悲傷離去，清理自己。

放棄自己的人，自然被人放棄。

看穿自己的軟弱和盲點後，謙虛，接受，沉默，定心。

壞記憶、壞思想，只是執着的別名。

別以為世界只有你一人，世界就是你的思想。

讓自己平靜下來，承擔自己或愚笨或貪慾或懶惰的果。

看見淒涼還是溫暖，孤單還是幸福，在乎你心裏有甚麼。

所有的記憶便是安詳的歷史。

我們沒有忘記傷痛的理由，但可轉化它，

每個人都有過去，每一天都是新的，沒有留守過去的藉口。

人可以像海一樣的澎湃和激情，也需要回歸樹一樣的慈悲和堅定。

靠近樹，讓人對生命更恭敬，活得更謙虛。

包容比指責更能讓自己平靜，看到生命最根本的現實。

邀請天地自有的振頻跟自己的共振，這是最安靜不過的激情。

有一種愛叫素黑

靜 心 足

calmness is

著者
素黑

責任編輯
梁卓倫 · 嚴瓊音

封面設計、插圖
星美子

裝幀設計
鍾啟善

排版
楊詠雯

出版者
知出版社
香港北角英皇道 499 號北角工業大廈 20 樓
電話 : 2564 7511　　傳真 : 2565 5539
電郵 : info@wanlibk.com
網址 : http:\\www.wanlibk.com
　　　 http:\\www.facebook.com\wanlibk

發行者
香港聯合書刊物流有限公司
香港荃灣德士古道 220-248 號荃灣工業中心 16 樓
電話 : 2150 2100　　傳真 : 2407 3062
網址 : http:\\www.suplogistics.com.hk

承印者
美雅印刷製本有限公司
香港觀塘榮業街 6 號海濱工業大廈 4 樓 A 室

出版日期
二〇二一年七月第一次印刷

規格
32 開 (185mm x 130mm)